+ 第 39 届青春诗会诗丛 《诗刊》社／编

李昀璐 著

你在飞鱼座

长江出版传媒

长江文艺出版社

39 青
Youth 诗
Poetry 会

元复诗歌基金支持

李昀璐

1995年生,云南楚雄人,中国作家协会会员。出版诗集《玫瑰星云》《寻云者不遇》等。

目录

辑一　共赴同命曲

辑二　天是无尽海

辑三　今宵多珍重

辑四　未名的一生

辑五　花影燃烧时

辑六　博物馆

辑一　共赴同命曲

南方高速

时隔多年你重抵南方
回溯幼时记忆：
广州是大巴车上的广州，晃动的
飞驰的广州，留下最初的剪影：
一条热闹的街，滚烫的人潮混杂新鲜口音
普通话像一种方言，标记乡愁
谁是真正的游子呢？我们靠脐带和子宫
连结故乡吗？忽然发现乡音已经
面目模糊，这是谁的语言？
曾经你在教科书上学到
"马背上的民族"
你是车轮上的、口音中的、广告牌下的
散点坐标
串联数个遥远的城市和陌生的地名
成为一条曲折的南方高速

茉莉夜航

飞驰的风声在赴约时停止
抵达多年前展信时落款的地名
夜树结网，交错的茧衣
在空中留下各自的印

我们是两封，时隔三年才寄到的信
谈及往事，如翻折纸张
在彼此叠加的时空中，小心对齐缝隙
铺平通向远方和过去的路

那些欲言又止的事，频频留下
被误读的破绽，也牵出更多的断线
坐在往事的废墟，灰尘停在肩上

时间是一辆疾驰的列车
站台挤满了迟到的人

决心带一束花回家，哪怕这雪意
终会坍塌。从西南到西南，十年踪迹
临一夜废帖，遗忘的曲线如满弓月弧
永不相逢的星宿，也涌泪同样清辉

执花人

开一间花店，再小都行。她暗下决心
要修剪人生多余的枝叶，摒弃成功学培训
立志做漏网的鱼骨，亮出尖锋之刺

刺，这是她和鲜花共同的外观
她百合的手掌，浆果的瞳孔
桔梗的裙摆，奥斯汀玫瑰
为她狭小的春风花园，献上优雅的礼赞

如果小城市没有太多活法，那就让一束花
代替她，去获得无限美丽的可能
规整的生活中，已经错失了无数
可能成为艺术家的机会

这一次，握紧剪刀，利落打刺，修枝
巧妙避开，叶脉下的陷阱与圈套
识别生活中温情的埋伏

总有人想要寻机开展教导，可学生时代
已经足够漫长了，在花叶初萌的时刻
她已厌倦对错分明的选择

这个世上没有丑的花，她知道
每株含苞的花蕾都有自己的表达
都有自己的花瓶，容身之地
无所谓逆旅或青云路，垃圾桶
也不可终止盛放的决心！

她只需在每个冷水中清晨，俯身
倾听它们的声音，并以
一种生机勃勃的灿烂，对抗
激流中的时间

甜之刃

见习魔术师，用一颗番茄
变出三明治与酸汤火锅
再用一瓶牛奶，同时端出
纸杯蛋糕与手拉奶茶

勤勉的打蛋器，为即将启航的
奶油拉花艺术，转动加速的白色波涛
蜜糖梦境，需要以曲奇饼
搭建童年屋顶，并用雪顶铸成飘渺云影

柔光中的少女时代，已学会滤出骨骼里
暗苦的术法，誓以余生追随针尖上的回甘
这是一种武器，甜之刃
会破开重复日子中，往桃源的门

魔法偶尔失效。烤箱关闭，余温散尽
重回狭窄的房间，世界还原成障目的树叶
不可预知的艰涩，涨满整夜的蝉鸣
黄雀纺出，苦水中的玫瑰，苦酒里的七月
缠紧我们年轻的心脏

舞之刃

去跳舞吗？路灯下，盛装出席
戴上镶嵌水钻的塑料皇冠
紫色的舞裙坠满银色亮片
花纹依次编织黄昏琳琅的霞光

舒展手臂，像纤长的树枝
拥抱风中所有衰老花束
音乐中缓步，半盏残夜
摇晃着人生暮年的璀璨

轻快的舞鞋，跃过
祖国广阔土地，抵达这里
旋转着一个女人
消瘦的青春和丰腴的往事

华美舞裙曾换算明日菜价
摇曳丝巾也积压作灰尘的糖衣
那些琐碎日常，打磨抛光
她趋近纯白的发髻

绷直的脚尖像微钝的刀刃

划开时间，刺向最接近童年的瞬间
面向大海起舞，以余生的广阔
复刻一枚海螺精致的弧线

此时，在拥挤的石台
落座在陌生人微醺的目光
裙摆处万物生长

她站成一只优雅的酒杯
无须再盛满什么，足够多
轻盈的空，已经填满了
时间的裂隙

你在飞鱼座

天空的道路，在落日中显现
细云弯折，构造流线型笔触

海尽头，延伸出另一种调和的远方
被转述的咸风，空对着漫山野石

盐状沙粒，曾尽数打磨你刺壳中年月
让此刻拥抱黑暗的手臂，泛起金色光辉

唯一的命运是远航，二十岁起
你便是年轻的水手，独自驾驶木舟
往返高原与岛，途经鲜花和佛寺

更广阔的世界，你在飞鱼座
在浩荡的穹宇，在无边的想象
错过最后一班船

夷陵夜话

从传说讲起，抵达你最近的梦境
一间孤独的屋子，盛放着枯木与幻术
在西北，在西南
命运反复测试着我们的喉舌

在漏水的夜晚，我也是一个漏洞
反复妥协着僵化的轨道
在原地建造终点站

火中捞月，无数次
尝试重置或安慰错放的宇宙
我假设的可能，只是一种
可供反悔的人生

如果扑火的人，本就由灯芯构成
那母豹的斑纹，也会展开腊梅花的旗帜
爱与痛是同一种情绪，你未在意
以后我们会为什么而哭泣

镜花记

——兼致知洲

你在镜中伸出手，向我索取薄暮中花屑
尽管已凋谢你仍想，为此叙事

共赴同命曲，我们互为知己。在镜中
你时而鹅黄，招摇的迎春花，斜插进
瓶状拱门，抛出半阕柠檬味宋词

很多个日夜，你浮现紫色的寂寥
在焦灼的暗处，写：
"恨明月死后来"

纸上的歌女，打开墨色的歌喉
拨正个人绝代史

"请天地开宴"，今夜要唱
海棠未眠，要在灰烬中重塑烛火
于断弦处再造山水

那些曾令我们感到遗憾的事
又再彻夜绽放。反复提醒

暗生的刺也必须是美的一部分

为此，你在镜中伸出手，抚平我掌心茧痕。

雪　糕

一团粉色的雪糕，她像是。
衣角点缀夸张且蓬松羽毛
无关紧要

钻进软糯绒毛空隙之间
语言含混不清，接受或拒绝
都是难以清楚陈述的命题

要做一名舞者吗？如果有选择
轻盈流动在万物中间，花蝴蝶振翅
速度飞快，接受爱
但无法反馈任何青睐

忽略大多数相似的名字
那是缺乏吸引力的石头
难以参与低空飞行

沉没于数据海洋，
我们下潜，我们漂浮
变成虚拟的电子小人
平行在代码变量另一端

"我要开始融化了"

她想

谣　曲
——兼致一夔

"好好保重"
分别时没有说出的话
像一朵今日的积雨云
慢慢瓦解

此前
我修补反复漏水的四月
精疲力竭。归置每种拔节于髓的痒与疼
坚韧地等待船只复原

风雨叠加风雨
你像一道朴素的阳光
穿过城市，踩着浅浅的水洼
来拥抱我

难挨的日子
忽然绽开一道裂缝
盛满热烈的三角梅

要把心上的雪晒化

拧干水分潮湿的天气
希望明天
天空会像干净的衬衫

所有焕然一新的日子，我们都
大声唱歌

奔　月

奔月的女人，裙裾如云，锦衣流光
高筑银河和宫殿，在清辉泻地中
获得青春与美的永生体验券

狠狠逃离，端茶倒水的盏和
洗手羹汤的碗，无须成慈母
迁故居，缝心意。扯断掌中线
从后，手只拨弄流光与雾

碧海青天变换扈景，孤独竟是惩罚？
她冷笑。梳高髻，簪翠羽
拥不必访仙的寿与千秋万代的自由

命运已在业外，可读书，看哲学和八点肥皂剧
以新霞制衣，晕染桃李腮红，打星钻高光
化最新妆容。也习歌舞，唱跳流行曲，徒步旅行
与玉兔玩飞盘，在无人来访处
光脚踩水

年逾万岁，她打哈欠，那只是数字
今天初一，先休息

长途旅行

——兼致饶佳

雪白的消息，从山上传来
一则简洁的讣告：
有人化作了一只轻盈的鸽子

瓷器中振翅，俯身与陶俑低语
"吹灭月亮。"

反抗秩序链条
挣脱巨大茧形的世界
挣脱严明戒尺和好言相劝
诗歌是言而有信的护身符
保佑了名字永恒如钢铁的骨骼

你的山河万里不是我迫在眉睫的春意
飞身而起，以朴素的羽翼，以微弱的星星

空　蛹

幼时喜对照游戏书，加密时间
画迷宫，花花绿绿的回廊
扭成死结
春天也婉转如一个死结
它太美好了，温暖，光明
带着柔软的眼泪
以至于，在逐渐变暖的日子中
发现一切并未变好
与冬天别无二致
痛苦无法被一场雪
真正地消解
它们是尖锐、冰冷的铁器
迟钝又孤独

我们满怀希望地憧憬一个个
金黄的日子，以为我们会是
笔直的郁金香，或者
褶皱中闪耀的掐丝珐琅蝴蝶
幽闭的铜雀台
春天一层又一层反复加深
你温柔的孤高和彷徨的悲伤

结成素白的茧房
试图从大数据中搜索
万能回复和社恐治愈计划
边撤退边试错

这美丽的茧，让渡了所有泛滥的失望
线条流畅而光泽透亮，献给春天
一个诚挚的礼物：
我大概无法成为更好的人了

春欲晚

—— 兼致 S

"祝你永远崭新"
过去的通行证——回忆资料
陈列在友谊博物馆
你是一扇西北的窗子，为我漏下
先行的雪花和关于沙漠的空洞遐想

摇动万花筒，九色鹿昂首
时空交叠，电视线早已将我们
从童年紧紧相连
瞳孔中的破绽结成漂亮的蛛网
从一而终的愿望
每天都要有漂亮新裙子
我们摔杯为号

清白的校园时代
谁是最先发光的人？
彩色宣传画色彩斑斓各成营垒，拔节的树木
在我们头顶，小松鼠跑来跑去
最好的日子我们还未学会开花
每日为同样的遗憾反复遗憾

如何预知一条河流的方向
沙石沉积，岸是它多余的部分
停歇的都将被落下。赶路即是对抗
送陈章甫，送杜少府，送高山，送流水
送所有的歧路和困顿的风尘、沙粒和泪水
从北方到南方的高原，人们各自晦明
又交相辉映

甜　茶

在红色连衣裙中舒展手臂
皮肤洁白，一只热气腾腾的气球
在风里舒展丰腴形态

与窗帘交杯换盏，做彼此香甜的爱人
轻抚玫瑰台灯的倒影，合金的酒杯
封装落日灯下的虚拟黄昏

抬手拂去白云的浮沫，在这张
皱痕隐现的地毯上
早发的寒星不过是落单的玻璃弹珠

放大的光圈之中，背景模糊
古典主义的裙摆飞扬，倒映夺目的红
"于万种生活中汲取力量"

收拾串珠手链，松花戒指，整理帽子和花边
迎接停电时刻的单人茶会
火焰由你点燃，也为你跳跃。

行香子

消瘦的园林中
你慢慢捧出月亮
枯山水之中，旧楼阁浮动光华

前世的窗子在镜中
透出一株哀怨的晚唐

你站立其下
如同修长的翠色瓷瓶

在阔大的桂花香中
猛然失神——
爱且如渺然幻觉

还有什么极易忽略的滴漏
会再次落下令人战栗的水花？

火焰，亦是满月的一种
幽黄的图腾，遍布开片的裂纹

江南在这片刻之间返青
你已经整理罢仪容
端坐成树

婚纱店

她和爱人抵达这里
玻璃橱窗，悬挂洁白梦想

全身镜，映出一枝雪色鸢尾
舒展的睡颜。她提起裙边

"无眠夜晚，能为你
指认某颗星星。是我的荣幸"

爱人抬起头，黑色衬衫在镜中
长成朴素叶脉

进行中的画作
他们爱着彼此的年轻与羞怯
爱着短暂的倒影，漫长的余音

莲　花

睁开眼，世界似旧址
若非要强安一个名字不如

孤独到底
只眷恋点阵的佳期

为防脆弱的回忆总是被
反复涂改，只有我
拥有唯一的密钥

莫规劝发光热
我本是冰
不领别的命

辑二　天是无尽海

云深处

抵达大山深处
她的家寂静

铁丝网围出的院子
堆着干柴与玉米

七月，雾从溪流中升起
蒙住群山的额头

层云堆叠，褪色春联指示着
厨房与点灯的客厅
坐在院中
那些没有被围住的事物纷纷涌来

偶尔的狗吠
如一声声咳嗽
核桃树结出青色果子
花椒带着漫山遍野的香

她抬起头，讲述最近的一次远游
先去到县城，再去昆明

飞上云端，云深处，才能到北京

北京，北京
北京是一颗星

落霞声

每到果子成熟的时节
母亲就会开始酿酒

灵巧的手，精心挑选
蓝莓、杨梅、桑椹
在美丽的容器中
调制艳色琼浆

今天，她因错过了当季的青梅
而手中空空，晚饭后，端出空瓮
坐在家门口，装了一坛霞光

山中事

总有漫长的夜晚
山中，泉溪抖落松针
带着细密寒意

雨季即将到来。涨潮的雾
在六月，淹没无边森林

他看着层云渐起
群山慢慢失去轮廓
停止了翻阅书页的手

心知，月光已经醉倒在水中了
他得去看看

山雨记

雷雨夜，短暂出神的电流
带来片刻的黑暗

野虫撞窗，以羸弱之身闯进光
越过失灵的锁匙，经停影壁
扣出搏命之音

玻璃外，世界在落雨
穷途的飞蛾从指缝中逃逸
行行重行行

天是无尽海，云上也有万重山
向下的潮水淹没霓虹

异乡人在栖居的屋子
扬起温暖的灰尘
擦亮台灯，代替哑火的月亮
收集漫天遍野的虫鸣

与羊群看落日

放羊的小狗，带着对异乡人的热情
飞奔而来。羊群因此抵达我身侧
如云朵降落，它们捧出的白
让旷野急剧变小，起伏着匀称的呼吸

地　图

她的爱人在另一个省，在地图上
甚至超过了一个手掌的长度

难以握紧啊
山外隔着另外的山

春节之后，她熟练地
开始一个人的生活
挑水，捡柴，采摘冬桃
逢五去赶集，买菜接孩子

并在每日挂掉视频电话后
冷静地、从地图上抽回手

雨季（其二）

潮湿的名字，在高原被反复诵读
客人在云端迟到，打开布雨的扇面

夜晚，水面涨起绿色的苔影
等待太久了，它们终于落在火烧的石头上

带着一种旷日持久的怜悯
划过我们合十的双手
倾盆的泪水密布钢铁的缝隙

时间已经到了，明天会盛开夏日的花

雨季（其三）

这是被辣椒和玉米平分水源的夏天
河水不为任何人停留

水位持续下降
龙头关闭定期细流

过期的塑料瓶
浮现昆虫深红的触角

大风摇动树林，众人在夜色惊醒
为不可知的水波，回忆枯萎的童年

那些等待雨季的日子里
护林员向天空扔出石头，睡梦中
隐约雷鸣，云层掉落单薄的雨水

露天舞池

一起跳舞吧！把音响围在中间
我们要拉起手，在音浪覆盖的土地上
跳左脚舞

在旋律的节拍中，挤进自由的舞步
亲爱的朋友，今夜没有火把
所以我们就要成为彼此
燃烧的木头

在仓房
在幼儿园和小学结合的操场
云顶之下，天空逐渐变紫
孩子们在跳舞。旋转着
模拟四季交替中的自转轨迹
没有更快乐的时刻了

星星慷慨地洒满了整个天空
我们如此接近镜子的形态

落日闻铃

后窗外
传来了落日的声音——

山羊的铃铛声
由远及近，跳跃过田埂

起伏的叫声，伴着蹄子
踏在土面的回响，依次经过

踩着胶鞋的人
脚步声中，带出拖沓的尾音

落日完成复调的演奏
旋即收紧视野

窗外，声音涌起又平息
如石头接连投入天空倒影

放牧者如期归来
被无限拉长的影子中
夕阳赶着他们回家

夜　樱

夜深了，花仍然开得很好
河流经过，出席一场微光闪烁的聚会
裹挟漩涡中水花
消磨有关桥梁的整段历史

高原的雨季尚未开始
干渴的春天，河岸清瘦，水流单薄

银色的月光反复被稀释
淤泥中杂草丛生，紫色的野心家
舒展小小的花苞

时间是它们的。
拥挤的枝头，樱花紧攒起娇弱的拳头
粉色的云暂时停在了这里
风中它扬起美丽，欲坠的潮汐

山　月

高原上的湖泊
如同一碗水，落在群山
橘色晚风里，睡莲饮霞
星星叠在边缘
漂浮的植物有着温柔的波纹
再过几个小时，月亮就要
回到山上去了
云海中，你划着船缓缓归来

春 夜

远远的，梨花长到天上
风中，飘洒的云，吹落身侧
没有归处的雪返回地面

虞美人忽然绽开，水中隐雷
今日惊蛰，花瓶中旋转着旧日琥珀

破碎是极微小的事情
它明确地发生了，此时此刻
春天向我们走过来
我的手在你掌心微微震动

土林手札

城堡，宫殿，塔楼，平顶
纷纷从土里长出来
各异的房檐，纠集成古老的城池

光照在土林
你也可以认为它们是：
消瘦的宫女，铠甲的将士，蜷缩的小狗
红土之上的群像，有着扑朔的名称

哪一根土柱会先折断？
哪一个土堆必然消散？
风和雨水偶然降临，温柔地
摧毁博物馆，拔节的历史
战火烧过天边的红云

流动的事物反复打磨世上的你我
快门之下的每张照片都无可复刻

在终将消亡的遗迹之上
我们与永恒交换信物

访剑川石窟

拾级而上
抵达微小庙堂

菩萨面带愁容
但饱含动人的美

洞窟中有人饲养火焰
在火焰里找人

旁边——
古老的南诏王出巡
和尚坐在道旁
远处的白云仿佛天空的背影

风始终吹拂着
不可为我所有之物

易地记

到远方去
把那里认作新的故乡

宽敞的房屋晾晒月光
黄色墙壁仿佛某种靠近阳光的花束
想起土楼，童年的土楼
它让生活站立起来
又在风中摇晃

土地日渐贫瘠，在陡坡上
人间是倾斜的
短暂避雨，直面下落的箭矢
与牛羊生活在同一个屋子
它们在隔壁呼吸，像遥远亲人

要有一间新屋子了你大概会喜欢
可以装饰它
像梦中一样只是它不会再摇晃
也不会漏下泥土，在暴雨中落下
令人心碎的泪滴
属于金沙江的要归还金沙江

要拥有新的故乡了
把一个陌生的地方变成子孙后代的家乡
那座土楼会在某日坍塌
而我们要继续种植辣椒和西红柿
在没有冬天的地方

深秋，过沙溪

一棵树有多少种颜色？
被闲置的春、夏、秋
同时跻身枯槁的线条
在茶马古道的千年集市
古戏台对望古树
而我们
使用古人留下的汉字记录：

公元 2022 年
如今这里贩卖伏特加、汉堡、三明治
和舶来的音乐
意大利私厨排着长队
咖啡馆成为新的热销展示

它们不从古道来
搭乘飞机、高铁、高速公路
最后，在一个小时的山路中
降速抵达
印着马蹄的石板
叠加新的印迹

过客有多少种形态?

今天我是飞鸟，明天是风

玉米观察

在大棚里分辨蔬菜
它们很矮小
差别在成为种子时
就已规定，它们只是完成
生命蓬勃的形态

我认出了玉米
此刻它只有小草那么高

想起新闻上
有人在玉米地里举办婚礼
高过头顶的叶子已褪色
呈现出接近岩石的质地：
另一种意义的坚韧
万物都在生长中向土地复归

没有什么比婚纱更白了
丰收的季节
麦穗捧花撒向天空
依次喊出植物的名字
辨认出一种浪漫又古老的幸福

绿孔雀

孔雀东南飞，星辰落在它身上
风从我们中间经过，停息片刻

等候辨认，唐宋的尾羽和
明代的眼睛

他们说它在山中
已经踱步了上百年
或是更远的时间
松针纪年里
它曾被养在夕阳中
像一个朦胧的影子

向西南，向西南，
向永久巍峨的群山
索取自己的名字

哀牢山中
我们的家乡驮着老虎的目光
春风持续滴下翠绿
为所有美妙的事物战栗和疼痛

倦 旅

去南方看望母亲，他启程
从一条江身边
去往几百公里外的另一条
江水不竭，电话里母亲说
上月离职后，她现在
已经进入了另一家新的工厂
万潮起伏，下一道浪
永远追逐着上一道
站在厂房外，潮水袭来
他在奔涌的人群中
找寻熟悉身影
拥抱母亲消瘦的岸
他想到了一路上硬座
不能弯曲的脊背，想到了江边
世世代代生活的亲人
想到一滴水，要在那么多
急险的漩涡中走那么远
才会在眼眶里打转

时速 192

驶入隧道，火车暗了下来
时速 192，前往远方
轰隆的声响，开启放映机
带来走马灯的图幅断章

城市郊外，正有条不紊
进行玉米授粉，和时间索取时间
向土地弯腰的人，一次次
试图背起夕阳。破碎的光影
摩擦车窗，乱金飞溅
直至我们再度隐入黑暗

再次驶出，窗外浮现小小的坝子
环抱美丽水塘，树影漂浮在镜中
这竟是空无一人的傍晚！
惊诧中，飞驰的静态画卷
又在隧道中合拢，而后小型工厂
跃入画面，浅深色交织的烟囱上
升起白色烟雾，接入某朵工业化云彩
天空中斑驳的补丁

匆匆一眼又闯进黑暗
万籁无声。这是漫长的黯淡
我们正在穿过
一座绵长山脉被破开的腹部
并在低振的轰鸣中
被它幽深的夜色濡湿

废弃的楼出现在光线中
提示我们，已经
抵达了下座城市的边缘
消瘦的骨骼立在荒郊
贯穿的窗口流淌今日晚霞
野草如潮水，摇动四方的风
钢筋上爬满更幽深的锈色
自然事物，以更长久的生命力
拿回土地的所有权
溢出的荒芜，在下一个隧道口
戛然而止

时速 119，列车减速，驶入市区
穿过林立的高楼，交错的轨道
万种人生，停在站台
车窗定格最后一个长镜头：
短暂的观影者结束行程，起身
拿起行李，走进窗外

辑三　今宵多珍重

翠湖之夜

——兼怀闻一多

久隔的园景，在暗室中打开
夜色中，步向翠湖
人潮涌动着温热的黄昏

一别多年。我仍记得
迷路的深夜
在西仓坡，猛然撞见历史的绝笔

旗帜曾迎风招展在每段狭巷
喉咙里，安装过嘹亮的喇叭
诗歌被写在天上

后世会为诗人的荣光而感到无限光荣
也为同一个人的同一种崇高　心生敬意
放声哭泣

笔被递过来，要在飞云如山中
续写一生又一生的断章
并在剑锋闪光时
照见城市古老的龟腹

湘江之夜

歌声，会带我们回到那里
——题记

江水波涛，闪出明亮的弦
歌声的来源，江岸上唱歌的人
达成与月光的共振
那些要命的心动
渐渐衰弱成胶状的回忆
浪游雪路或故国神游
都是一种新的抽刀断水
想起博物馆陈列的编钟、青铜
不演奏的乐器，只是废墟
废墟已经那么多，所以
废墟之上我们仍要唱歌

地表环游，跟随熟悉旋律
重返昨日歌厅与未来全部的樱桃舞会
江岸十二点，夜色深处
不能再有高声音响和嘹亮歌喉
于是酒杯，成为我们的乐器

草木味的酒，带着清苦的凉
今夜随之满溢薄荷的味道
朗姆酒，按照比例
混合青柠、苏打水与碎冰
满江倒映着未尝过的珠晖
醉，原是一场精妙的计算

落花时节又逢君。它写在唐朝
也写在此刻灯光明亮的江阁
再往前，它出现在我的毕业留言簿
没有那么多相逢在等我们
命数流水，各奔天涯，多年
推翻临别赠语
我们最终成为彼此的落花
那时我还不知道，这一生
你和我说的话只有这么多
已经说完了

无期旅行

困在计划中，夭折的旅行
正在耗尽不多的力气

想象中的勇，已伴我们走遍历代的荒墟
却未能真实地降落某个目的地

苦衷的苦，令你我一退再退，舌尖酸涩
过期机票与犹豫瞬间，陈列在遗憾集市

爱是因你，等待也生怨侣
漂浮中的蜜月，不过一只美丽空洞的热气球

对坐显示器，忽然近霎时远。我们的敬亭山
正在经历风雨大作或骄阳似火

白雪做袈裟

那座衰朽小楼，听说已在议价出售
很难打包整理，空的咸菜罐，旧的家具

狭窄的楼梯，通往铺满疼痛和苦梦的床
回荡着，她走之后
无垠的空

窗外的田野，拔节整齐的商品房
扩建的城市逼近她人生中最后的遗迹
遗忘相互叠加
她的名字，最终会走失在这里

只有梨花穷尽素洁的风声
覆盖高楼广厦，将瘦弱白雪
吹作袈裟

任意门

"那时候，我们活着的有三十一个人"
抱着烟筒，呷一口酒
他开始回忆过去，依次
念出磨损的名字

时间过度地摧折了一些人
并且将另一些人送往远方

"后来，我认识了他妹妹"
碎片被随意拾起
他暂时抵达其他的时空
并陷入疑云
太阳西斜
把院子切割出阴影的洞穴

"不对，没有后来了……"
微醺的黄昏，他继续追溯着
一株秋杜鹃的幼年冒险
与遗忘的战争，已经悄然开始

他反复抬起手，挥动
边溃败边战斗，像另一个人

陌生人

她不认识我。在久病的床前
大家轮番，大声地重复介绍我

她仍睁着明亮的眼睛
耐心发问：这小个是谁

如同一张过载的记忆卡，她已经
写入太多天气、病历与儿女信息
无法再记录新的日子

时间停止了
我在她消瘦的手腕上看到险峰

一艘宽厚的船只闯入遗忘的海洋
反复被冲刷，成为世界的陌生人

今宵多珍重

一起欢唱吧！紧握匿名身份
在线上歌房，众人萍水
如降落各地的雨滴
被看不见的蒸汽连结

屏幕外，沙哑的乡音
刚刚结束疲惫的推销电话
和一段无望的异乡感情
背景音嘈杂，他把歌声镶嵌在
变幻的霓虹

旋律暗合的人生，是何时开始走调？
旧曲共振，全力求得一个圆满的转音

亲爱的陌生人，此刻我们
已背离白天的声调
在飞地的荒岛，放声歌唱
暂时开启羞愧的蚌壳，原谅
不可化珠的飞沙
最后音节，诚邀世界
共赏电子玫瑰与虚拟烟花

还有一刻钟，集体宿舍就要熄灭
碎语的光源，摘下耳机，他哼唱：
今宵多珍重

昨日世界

无人的公园，十点准时半入眠
灯光照亮部分湖面，构造空悬的断桥

黑暗中，高大的植物抖落
簌簌的呼吸声
闯入梦境的人，划亮
试图点燃风的火柴
空手而归的寻常

得到过短暂的剧场舞台
白鹭化为飘渺青烟
落定成裙摆上的昂贵刺绣
也在某个起皱针脚处露怯：

何日方可平复
折叠中成圆的水景？
七年前的轻微裂痕已作壮美断口
破碎之处，缝合成
日日惊心的绝世好景

莫再提，盆中翠微，镜里傀儡

火焰观察

点燃后，就能拥有
最唾手可得的温暖了

斗室内，火焰跳着舞
张开翅膀
催醒老旧的热水壶

环抱水，以坚定的煮海意图
完成共沸的使命

空负火命
多年来，我习惯在暗处
以钦慕之心
爱所有发光的事物

那不问结果的勇
本身就是炽热的一部分
也是我人生中
尚在缺失的拼图

穿透寒冷，击退暗黑

很多时候
它秉持着刀的锋利与进退

锻造铁的骨骼
我们知道，唯有火光
拥有不被覆盖的权利

九月在高原

九月，在高原，晚睡早起
学打八段锦，看过期剧
梦回 2011，故宫大雪
木兰与金钗，都随流水去

电子挂历翻动折叠数字
跳跃如时间心脏
突然的卡壳，令人分神
时间倒带，重返三年级
信息技术课，蓝色脚套
依次步入雪白教室的荒原
通过鼠标
第一次抵达互联网家园
从此掌握时间穿梭秘籍
拥有虚幻面具与百种人设
是狮子，是猫，是故国的公主
虚中沉浮，蓝色图标
遍布你我的海洋与陆地
青春藏在老式显示器
微缩窗口，引做现代烽火台

现在是九月，壬寅年秋
业余歌女罹患声带小结
拥挤地铁中失传惊鸿舞
戏内循环同样的相逢与别离
错位的爱恨
打开通往成年世界的大门
秉烛醉生，抱憾梦死
直至确诊作为普通人的一生
飞驰一场酣畅淋漓大雨
无数崩塌又无数重建
猛回头，业已狂奔十一年

从追忆里现身，此时此刻
高温浮于穹顶，粘连江水下沉
古老的河床浮出水面。天地广阔
城市部分失去了它的候鸟
心碎的婆婆丁四散，曾试图以泪
填补水位下坠

虚　构

经年空想，终于在倒影里诞生了一位
虚构中的绝世好友。我们整夜谈话
她通晓我所有曲折的月相和急险的峡湾
是我汹涌雨夜中，唯一干燥的火柴

移动餐桌

持续半月，每天中午
我都在等待
食物从明亮的厨房盛出
放在不锈钢饭盒，穿过街区
抵达我

餐具从袋中取出
拼凑一顿简易午饭

青菜和鸡汤
这绝佳的访病套餐
陈列整段早间的轨迹
从菜场到超市
你折起袖口的灰尘

狭窄过道，我们蜷身而坐
你极力推荐：今日招牌炒饭
金黄虾仁有扎人的刺壳
米饭也带着焦色的生硬

可它们也冒着可亲的热气

安抚辘辘饥肠和等待的心

你来看我，带着笨拙的食物
和朴素的移动餐桌
喋喋不休展示蔬菜的奥义

并在低头时，将我偶尔垂落的碎发
归至耳后

鹭鸶酒杯

说起你的小狗，它雪白、快乐
执意与你建立了最亲切的连接
晚风中，翠湖惊起鹭鸶，打断叙述

但下个图景，又让你再度想起
那些陪伴过你的美丽事物
落日投射的暖光，也让我有了
更改色调的可能性

由快乐伴生出的长久深蓝
已在我体内累积了很多风湿与病痛
成为压在心头的磨刀石
令弦月的角，愈发尖利

如果湖面会修复被割伤的水纹
我们也可以，剜出苦涩的果核
还原一颗果子最初的蜜意

只要拥有一个明亮的时刻
就可以放心步入长夜。黄昏中
鹭鸶数次起飞，又落定湖面

花神之夜

夜晚，你变得很轻，在我怀里
像一朵云。臂弯如曲折的峡谷
环抱着我们如雪般洁白的爱

像一个咒语，你的名字，被反复提起
锁住我，数次将溃的泪水。活着多好啊
在有你的世界，雨水敲击秋日瓦片
催我回家

遥远的归程上，河流的脊背开满鲜花
风如一道细吻，缠住旧梦
在相遇和分别的时候
所有比喻都失效了

我们的故事多陈旧呀，像一折
在很多朝代，都重复上演的戏文
那些同样的思念与痛苦，千百次重蹈
千百次衍生出崭新的我们

昏睡中，银河熄灭了
这夜晚，我握紧了铅灰的夜弦

房　间

这小小的房间中
翻阅远方噩耗
陌生人的眼泪
短暂占据了眼眶
雨水笼罩北方的岩石
也打湿我们的发梢
坍塌，坍塌
移动的冰川
透出火红的钳痕
某个时刻
诗歌抵达了命运
以一种痛苦
关联着全世界的痛苦

爱丽丝漫游超级市场

低迷的早市，晨雾冒险
爱丽丝奇境漫游从一个新鲜的
西红柿开始，红宝石鲜活
安置在圆白菜王座

在逃菜谱
等待排列组合的快速配对

鱼和梨子即将相遇，炉火上的
圆桌谈话和魔法奇迹

寒冰射手集结完毕
秘制蘸料新品尝鲜五块一袋

兔子顺利逃脱锅铲
接过冒险勋章，成为真正的勇士

等待大雾退散，不会比
在微信通讯录消失更复杂

游　园

美好的事情令我想起你
如果这是游园的时刻
那么，浮动的马戏与摇晃的喝彩
都属于我们。爱的奖券
兑换余生的飞行器
以水钻做顽石
打磨流萤执炬的决心
杨梅季快要结束了，荔枝也是
它们已经放肆地甜过了
而那些遗憾
也在认真地遗憾着
各自散步的傍晚，我们
继续爱着明天的繁花戏法
晚安，自有好梦为你筑巢

金缕曲

遥远的却也是近况
至下世纪
只盼手机别再响

冗余信息中
废话字符堆砌

曾经的教科书
已化作纸飞机
送王维归返故乡

被困在城市里的人
几百年前
也许曾在寺庙里读书

那时，网络捉不住任何人
唯有相爱的人才能彼此看见

李白还在饮酒
在窗口，无边的暮色中
等着自己的影子

今天的月亮归你

我明天再来

捞　月

捞月之人，不会双手空空

曾经凌空于折叠的水面
在抽象的无底洞穴
惊鸿一瞥，从月亮回来
穿越虚拟的电子迷雾
抵达命中的唐朝

镜面未曾有片刻的平静
有什么必经之路
一定要历经破碎和失望？

新的潮水，为穷途放歌
光在水面上，涌动，摇曳
我们一无所有，因为我们曾试图捞起月亮
无数次被蛊惑着伸出双手：

所有望月之人的不甘与悲伤
共同构成了它的光亮

火星诗社

坐下吧，石头
把岩浆命名为丹霞
我们在天上

观看太阳，一个熟透的苹果
火焰悬浮，尘暴的大观园中
我们是凶猛的风
缝合峡谷

以梦为食。从造字开始
水是一，冰是二
平原是黑夜，高原是白昼

修行朴素的秘术：
收割星星就是碾碎谷子

顽石点头，九足鸟吞下闪电
在沙漠中驾驶大鱼
把命扔在水里

高举诗歌，修正历史的遗迹：
人类起源于一朵闪烁的蒲公英

辑四　未名的一生

未名的一生

在菜市场，大部分果蔬是不完美的
泥灰中的土豆，无意隐藏它
微小的虫眼，作为食物的生涯
需要这朴素的勋章

番茄们怀着细长的疤痕
靠深浅不一的颜色，与同伴相认
没有一帆风顺的成长
历经缺水或高热的季节
胡萝卜长度参差不齐
白菜有绵软的心事
丑苹果，带着歪歪斜斜的野

它们带着未干的露水
不被规训的活
在最小一隅，一切都被允许
允许伤口，允许创痕，允许弱小
允许一株瓜藤，未名的一生

EMS

"航班到达"
物流信息写道

一个快速移动的物体
在文字叙述中被拟人

蓝色软件呈机器鸟形状
巨大的瞳孔中
时空折叠成凝固的方格

语言抵达，时间抵达
唐突的风吹来远方的消息

空　镜

久未谋面的故地与未见过面的朋友
在午后交会于青灰色的天空之下

镜头聚焦过去：
关于奔驰直线曾经狭长晦暗的
一截骨头

面对陈旧，漂浮于海上的石头
压出骨骼中仅剩的水滴

"一个人的构成，竟只有他的历史"①
缺席者并非只是一个谜面
全然澄澈的空镜，蓄满支离的泪水

---

① 引自哑石诗句。

放学后

每天定时响起下课铃
受困其中
我们坐在绿色草地上
反复观看了天空无数次
企图找到蔚蓝的破绽

摊开手掌，指尖勾画彼此的掌纹
你的未来有绿色的雪，而我的过去
是沸腾的黑色火焰，站在高原上
遥想远方是一张洁白的帆布
我们是勇敢的舵手
身后绑着巨大的粉红色蝴蝶结
乘风破浪，在糖果海洋

而后像是被撞击的玻璃球
快速四散，被大风吹起的蒲公英
又撑着伞降落
同学录封面香粉落尽
残存着支离信息
灰色企鹅沉默在列表
电话号码埋伏着查无此人的女声

天山、草原、大漠、驼铃
无法抵达的路径在小纸条中戛然而止
我化名张三李四，把世界上
千千万万人认作你

回乡偶书

那些童年玩伴，现遗落何处？
围棋少年指尖的棋子，落定穹顶
竹子松动，撬开变换的珍珑棋局

还乡路上，小虎穿过风雪又风雪
相似的情节叠加在
辛丑年的南方，象群北征
寻找新的栖息地
沉默的庙宇旁，树木折断于雨林
糖水和鞭子成为动物园一代的共同记忆

情爱水漫金山，颤颤巍巍的雨滴
沉没每个日夜："春天不是读书天"
隔岸烟霞化作缭乱的飞花

变成蝴蝶飞走吧，小哪吒、小鲤鱼
雷峰塔和魔仙的城堡一起倒下
我们无力再建造任何一处崭新的桃花源
移动的剧场赫然关闭，神仙
再也没有来到过我们身边

倒叙烟花

绽放时我们才看到它——
凭空绽开的彩色蜡笔画

水母一样漂浮的光点升起
在山顶，烟霞与我们擦身而过

从毫无察觉的一支光剑
到一览无余的星辰，辉映时代的走马灯
明亮的花火，让世界在某刻接近乐园

游园，收集心动卡片
以期兑换苦闷时排遣的情绪甜点

惊梦，抬头看
这灰烬中沸腾的命运

爱与热的余情如抛物线，最终
黑暗中落下的沙子，令眼眶酸涩

我们不得不在漫天迷雾中转身
在褪色糖纸中继续变老

山　谷

每天深夜坠入灰色镜面
解连环，群山之间
这里听不到你的声音
我们隔着一个又另一个相异的梦境
道路的阻隔和语言的相悖
都是悲剧，不要对比

不要再喊我的名字
用这么绝望的口音

暗 涌

年幼时即有断言：
她不可靠近一切水面

遥望波光中的平静
暗流在低处，柳叶旋转
凝视玻璃试管中透明的液体
立夏细雨降落
滴管的颜色为了分清
年少的心动
已经变成肩上的蝴蝶文身

灯盏总有被牺牲的光明
所有事物躺平都是水面

棱　镜

在熟知截面的暗部
随机生成陌生种子

截取限定的真实
冰山更多俯身于水中

在这无限遗忘的世界
珍珠的平滑之外

棱镜，将千万事转码成
一束平静的白

唯有这波动的、隐忧的单调
让春夜落定在身体
涌动的朱砂冲刷脊柱上弯曲的险峰

无可再容之时
若还有选择那终点必然是
一簇透明的泡沫

上升，且倾囊相授

一生中流动过的色彩

此时此刻
无人知晓应是无比欣喜之事

过故人庄

深冬读曹丕《与吴质书》:
"亲故多离其灾,徐、陈、应、刘
一时俱逝,痛可言邪?"
恍惚中,记起我也有旧友
唤徐、陈、应、刘

案台跳动的烛焰,拂过数年离索
姓氏重唱,为下一页呼之欲出的脉络
埋下灰线

命运交叠,寄身离散的互文
强忍泪水,咬紧苦涩的舌头

新的年历
已经翻开了几页,仍高悬着
旧年的悲与泪。锁链曾做赏玩首饰
暴怒亦可转做翻糖,明亮的乐园
难以再有让人留恋的烟火

未寄笺

无法送出的花，枯悬掌中
锻作明亮的刺

云海升灯，落日如火漆
封存夜夜潮涌的信件

我有万段残篇，却不发一言
爱和悲伤都沉默遥远

这世上所有，未寄出的诗
都在心上，用针尖写

拟乌夜啼

摊开紫竹扇，向笔墨借命
千里雪，光如遍地水银
缥缈的故国，浮名中交付性命
我爱我所有的悲哀
仿似朱栏玉砌的倦怠

心意转过睫毛上轻微的颤动
小楼人散，熄灭所有清河的长叹
水花跳跃，放置久别的湖泊
南极遥远如下世

置身一瞬蝉鸣，乱箭齐发
千声万声混沌，千人万人噤声

乌 苏

新的历法重构着我们的生活
翻阅词典为忧惧降重
时代曾让我们很近，又将我们推远

"有机会去看看北方的白色旷野"
雪很野，阳光也是，在这一切
未被粗暴制裁之前
开一瓶乌苏吧，我的朋友
为故乡干杯，为网络维系的友谊心碎
二十五岁之后
还会有人生的文艺复兴吗？
反复自问，最好的时刻就是此时了
春天每年重复又每年陌生
与失望和倦怠共存于这美好世间

明天会好吗？
在内卷的风暴中
福祸相依重置新的运算法则
每次反思都能罗列无数错误清单
蝴蝶总在隐匿之处
扇动飓风的翅膀

没有永恒的成功者

你我也绝非唯一的失语者

落日街道

落日贯穿东西走向的街道
在秋天下午，金色的潮水溢出
视线模糊，所笃信的旧景
在强光中消融，只剩毛茸的轮廓

她庆幸，这样的时刻，可以
规避多余的目光，拥有一整个
完整又孤独的回程。在世上

友谊，是一块每次轮到她
就被瓜分完毕的小蛋糕
命运有它的刀法
为她切出一块落雨的阴影

插入话题，或强行闯进聚会
也难获得真正快乐。总能准确
落座一把被冷落的椅子

她轻轻旋转，晃出那些
无法识别的心照与秘闻
熟练在人群中，过滤出自己

说服一块多余的拼图
嵌入完好的画面，向过去或者未来
本该浪掷的勇，劈开悲伤的豁口

梦中残存着一个离群者萧索的穷途
她反复睡去，对自己的爱那么少
而苛责那么多

可是此时多么明亮啊，也许远方
金色的酒杯，已为所有痛哭的夜晚
洗刷出一个崭新的黎明
世界等待与她相遇，而她尚未醒来

闹 海

面对滔天的威严和父权的剑锋
剔骨，割肉，干净利落

都归还吧
这一切，诅咒，猜疑，雷霆之怒
环绕不祥的预言

如何降世？
这并非自己的选择，睁开眼就已是
由旁人选定人生，选择者始终
在外面，操控提线，如山的
千钧之力，压制所有横生枝节的意动
"爹爹，我一人做事一人当"
有覆海之力但也在此时力竭
无可奈何的悲戚
以愧疚反击，如螳臂当车
也当举剑，君父的剑
归还这糟糕的一生

扬起的通天浪潮是蔚蓝的披风
眼眸中翻滚红莲烈焰

谁生来即是怒目金刚

莲花开落，回首时

山仍是千钧的铁器

海已是孽海

下　落

雨落下，树枝落下，苹果落下
重量渐渐加深，我们浑然不觉

遥远的北方，星辰落下
寓言萧瑟
高楼裹挟着哀恸的谣曲

声音走近又走远，被封锁的风
顺从走进玻璃盆栽。水声淙淙
埋葬年轻的苹果花
久别的人间，雨越下越大

我们终于感受到它的重量
一声声，敲碎沉默的牙关

太阳在鼓声中缓缓落下
像最后一颗
不圆满的苹果

登云曲

餐桌上
陈列难以收敛的顽疾
驯化一个新的日子
光临虚无王座

拒绝将泥土当作胞亲
整理仪容：
预想中，飞腾的人生
应扬起闪耀经幡
向上的跳板
已在偶然中获得

躁郁的登云梯，提示一种
抵达天空的可能
你如铁屑中的花束向我们展示
铁质的、冰冷的心

一生中的平凡一天

这是一生中的平凡一天，她低声
劝慰自己

讨厌的事物仍在令人生厌
而爱她的人不断衰老

和其他的日子一样
苦恼和担忧向她汇聚

越低洼的人生越要收容越多的水流
无处安放的水流

流过她的双眼
这是一生中的平凡一天

迷宫循环

极目远望的月亮
闪烁着一无所有的洁白
我曾给它很多温情
它也报以我同样的注视
为晚归的夜晚构思新的比喻
狭小的城市已是一本透支的词典
我从这行走到对面，再折返
在简单的重复中搭建迷宫
熟知所有的路线也甘愿被困
路灯反复熄灭以记录时间
记录逐渐蜷缩的一生：
树影遮天蔽日
最终缩小成一簇颤抖的刺猬

辑五　花影燃烧时

深宫辞

时逾五年，她再次看到
美丽女子的倒影，出现在满园水声里

不敢对镜。目睹另一个人的年轻
会惊觉自己的衰老，谁愿做这枯荣的对照？

仿佛被爱过，她难以自证。春天曾经
短暂的降临过。现已颓败

唯一确证的是，她的命运也将被别人共享
易名为宋姑娘、张美人、李采女
代代相传

描金镂刻的旨意，捧起云烟挟裹的恩与宠
也许会有不同：相信阴晴不定的天气中
总有不凋谢的花

曾经她以为是她

拟踏莎行

穿过无数次江南，消瘦的月亮
是怀才之人的遗产

红药永远不会如期归来
成为隐晦的喻体，还原缺席的别离
文学史中所有的私相授受
都自此而起

反复怀疑春天只是光鲜的谎言
红莲夜，是人造的瑶池和手书的幻梦
一夜吹香，在桥上读史书
金陵路，桃花渡
——江南覆灭又重生
数次

人静山空，哪一笔如实写下
春风的惶惑不安
孤贫的雨水一无所有
花满市，月满衣，繁华是釉下彩绘
隔靴搔痒。与命运同流合污

在水纹中

敲碎锈红的脚铐

浣花词

追溯河流的上游，闪亮的梨花丛
莫名的雪白，春天
万物沉冤昭雪，破土而出

搭建生长的草堂，广厦千万
破旧的小舟从律诗斜斜的缝隙中
破冰，花窗中裸露摇摇晃晃的富足
和一览无余的贫瘠，面对人生的
狭窄，穿过矮门去，蜡烛要亲手
去点燃，一朵朵微弱的蒲公英
照亮黑暗中的啼哭和别离

长安是一种绵延无期想象
繁花中的高楼也如实继承花期
山峦起伏在侍女发髻

月亮被豢养在天井，铁证如山
惺忪的烛火颤动不定的恩宠
低伏于漫长的甬道，进退失据

水月中苏醒一场场高贵的梦

狭窄的书签，夺目而明丽的片段
都是从土里长出来的，深深处
蝴蝶扇动翅膀，匍匐并非
生活唯一的形态

博物馆展示金丝鸟笼，华贵无双
美理当被欣赏也该被浪费
在所有被目击的广阔中，瘦弱的
溪水，容纳最广袤的无名星辰

季　风

拨开珠帘
永恒的风吹过石头

璀璨的白发积压着低回的雪讯
无须与故友重逢，也
无意和旧物相认

岁岁年年的家书都在此夜写就
待收信人接到温热的诀别信
与大江、明月、山川依次割席
惊慌的雨滴
在蛛网亮光中落地
没有朋友来访
也断不会再被任何人想起

我深深知晓：孤独沉默着来临
全因我盛情邀请

鹧鸪天

雨后，你和秋天一起降落高原
在随机生成的路上，站台隐藏名字
滇池在不远处，吐露潮湿风声
梦中没有通向它的路，我们止步
你指向你的家乡，为我指认
童年的学校、孤独的公园
以及十六岁时的高墙
在那些素昧平生的时间
我们在同一道题，写下不同的解
鱼跃入镜中，烟火悬停水面
我们背诵：流水落花春去也。
公交车疾驰过站台，我回头看
你失焦的神情，在天色中渐渐暗下去
惋惜：就在此刻错过吧
你真真切切在昆明
我亦真真实实在梦境
无人知晓那辆车前往何地
世界的出口在十九岁时已经关闭
不再有新的转机与陈情
你将返回比天空更远的地方
且放白鹿青崖间

我也要醒来

忘掉所有说过的和未说出口的话

在开满海棠的小院子

花沉沉睡去

风铃整夜唱歌

白桃汽水

桃子香味在午后蔓延

云层铺展

像一床棉絮不均的被子

它始终抚慰着所有在换季中

失去睡眠的人

今天的天空很美，黄昏红着眼睛

无尽夏

黄昏不是时间
是一种流动的感觉

下午七点，俯瞰城市广场
音乐声响起
人们轻盈抬起手臂

回忆起各自的岁月
三年前已是遥远的计时单位

我们竟跌跌撞撞走到此时
在十五楼的狭长阳台
暂时栖身于他人斑斓的晚霞

提起久未谋面的朋友
回忆让我们有片刻失神

乌云曾在某个时刻压到你的额头
不过带来一场虚张声势的雨

天上的河流重新浮起彩色的微光

歌舞声混响车流，陆离的海上蜃景

别再做推石头的人，接受下落
在所有好梦难回时，看烟火

还　原

从咖啡馆回家，常去的冷饮店
已被新茶室取代。遥远的南方
大海旁边，他收敛光芒
将曾映照过的一切
还原成平凡模样：
江南还原成滇西，珍珠还原成眼泪
花海还原为红色的广告展板
白月光陨落了。这面向凋谢的生长
代词还原成名字，暗恋还原成自由
还可以继续种花，在失败的围墙下

海上升明月

环佩声从月亮中荡开
观察一场雨的迁徙
从起点到落点
实现短暂的瞬移

在暮色中小憩
你蜷缩成池塘

蓝色的墙纸虚构海上
微风中的游乐场独自浪迹

允许你我在生活中偶尔出神：
醒来后忽然发现自己是旁人①

---

①　引自黄锦树《新柳》。

我愿意

风铃花结出洁白的愿望
誓言是一簇簇弱小月光
在找到你之前，我已经
一个人穿越了半生的雪

绵　绵

平复偶尔的争吵，像默算
一把香菜撒下的最佳时间
壁纸上四散的油点，试探
你愿选择怎样的生活

从螺蛳粉烹饪到蘸水料碟配比
争议的焦点呈次方累积
花椒的辛，辣椒的辣
抚慰我也可灼伤你

哪怕如此
我们也从各自的藏身之地
勇敢地奔赴时间套环
为崭新的厨房
点一盏番茄色的灯

深 深

身怀秘密
海浪抵达又离开

岛边缘有清晰的纹理
难以契合某块空缺

我们是不一样的人
是耀眼的火种
侥幸相遇又彼此逃脱

我珍视微弱的光晕
和宽厚的抗衡，永远

云　云

法则中辗转，等待红灯变绿
挑选适合时机穿过道路

寻找一路丢弃的
毛绒玩具、课堂纸条和玻璃许愿瓶

旧玩具和过期约定一再延缓
青春期结束

漫天下粘贴寻人启事
过去像一个错误地址
不可再次抵达

赶　海

在浅水中，修行梦游术，凌晨两点
我们翻动石块，剥开彩色梦境
惊动螃蟹和鱼群青色的骨节

月光照着浮出的土地
握住贝壳像是握住大海的心脏
谁在陶罐里，谁是软体之躯
谁的房子简陋，斑驳如石却坚硬

如果一个玻璃瓶曾经装满过潮汛
那一定也会在每个午夜梦回
感受到月光的牵引。带着头灯
我们是成群的灯笼鱼，穿行夜色

照亮周身部分的半径，淤泥下陷
缠绕的水草攀上脚踝，辨认海客
落单的螺角隐有歌声，生于野
归于海，小虾跃上脚背
又滴进水中

天亮之后，蝴蝶扇动翅膀

展开复原之术，梦似覆水
易放难收，烟海茫茫
放生的母蟹是唯一破绽

惊涛群起，无谓再追忆谁的当年
天地广阔，我们却无法再往前一步

离岸黄昏

取景框自动调节的颜色，加深画面
逆光中，浓稠的金黄淹没起伏的裙摆

浪花不辞远路，抱雪而来
在新年，击节雨状的碎沙

水滴飞舞，薄雾缠住你
指尖苦涩的盐

前身若是蚌珠
今世也需怀沙自缚吗

永不冰封的南海，日夜
招展着鱼鳞般细密的鼓面

我们赤裸双足，笔直的鼓槌
踏出夕阳的体温

立 秋

如同漫长的醉意降临
昆明调试着微寒的秋讯
很多时候我像局外人漫步
偶尔也会想象自己站在山上
把一整个秋天放进无边的远方
在天黑前把不属于自己的东西
慢慢还回去
相聚之后的灰烬更冷
满城蒲公英在暮色中降落
风中摇摆的尾羽
让我们与各自的孤独靠拢
更确信，立秋之后
离别也许是解救

伤之刃

一切都准备好，被展览
被纪念。曾经凭直觉
走遍了所有路
直至闯入雾中颠簸
练习把雾化成水

在梦中与你取得联系，并试图
改写失控的现状，记忆并不可靠
我们只愿相信自己的证词
相信点燃引线的，绝非自己的手

在共度的旅途，删除你
会让往事显得愈发孤独
但伤口已然那么深
不该再追问，一束冰块
如何化为泪

如果这是纪念品：
两把锋刃迫近对方时
留下的震动与划痕
成为一生中绝响

只期望，鲜花会缝合

最幽深的峡谷

为瑰丽余生再多添一指

甜涩的恨。等到那天

这花的颜色

可由你来选择

最后一页

再会。曾共造梦
也共度同场信任，镜中双生
在险象环生的今晚，惊觉
你已经属于过去的时代
一生中
寥寥几面与上万条微信，锻造
一条隐秘的琴弦。纤弱友谊
游走于唯一的通路，飞鸟颠沛
南方与更南方，无声话语
比说出口的更多，无尽倦意
加重天平的焦灼与不安
荡起的微颤
成为难以平复的波动

世界大好，逆风之鸢
该有新生与祝福
生活消耗火焰的温存
也催逼残烛尽剩的泪水

一只柿子
绝无推演成落日的必要

见一面，更遥远。那些
悬心琴弦终将崩裂的夜晚
终于在细微的折断声后
完成告别

辑六　博物馆

歌舞俑

这是最后一支舞吗？
音乐已经消逝了
声音的遗迹
不会留存有化石

所以我们想象
长夜踏歌时
箜篌声渐渐微弱
内敛的火光，依次打开
身体的暗室

为什么要唱歌？
类似叹息，以无法传唱天下的词意
还原一支红烛彻夜的泪滴

我即将启程，断续的琴曲
勾画一种叠加的回忆
以及，误差中被放大的结局

不如席地而坐

暂时相信一支竹笛中

囚困的风声

皮 影

害怕一张具体的脸，如同害怕
一个相似的人，忽然出现在房间
空旷的展示柜中，陈列羽衣
描摹最细致的花纹，复原生活纹理

红，曾属于一只昆虫
后来爬上裙摆，成为鲜艳的花蕊
"让她活过来"
只一刻的念头，她就会从皮上站起

立刻拥有生平与家世
有完整的故事线
展开幼年，到青春期
逐渐步入中年

接近人生的背光区，交织啼哭
痛苦，在生活的锁中找契合的钥匙
直到另一个人的人生降临在舞台
替代或抹去，余生的痕迹

一曲唱罢，她再重返年轻

风吹过，她脚步轻快，无事发生
但是冰也曾烫人

水 稻

展示生命，它是活着的
坚韧的种子可以自己决定
开始一场生命冒险

千万年前，人们学会了
向大地获取粮食
植物是万物的刻度
它驯服时间，也驯服我们

一生太短暂了
死亡收割着它的稻田
如同摘下一朵朵
未开够的花

未来和过去都那么空旷
活过爱过，像一株水稻
反复在风中弯腰
是那些丰盈时刻
慢慢写满一张白纸的重量

二十八岁，我仍未熟练辨识五谷

在浩荡的秋天里，走在田野上
我多么希望，远去亲人们
能再活一遍

铜　镜

如果你不会出现在水面上，那镜子
就失去意义。一面铜镜
从最日常的器物，成为珍贵展览
遍布的锈色，难以再照出
任何缺憾与圆满
梳洗罢。没有镜子时，我是谁？是你
也会是世上任何一个陌生人
一副相貌选择了我，既而出现在镜中
不安地对视，偶然相逢。在镜中
每一天都在消逝。如果你还爱我
当我老去，成为另一个人的时候

素 衣

薄如蝉翼，也薄如一个平扁的夏天
轻纱中纤细的手腕上，玉镯碰撞出
清脆的入水声
调出自己的颜色是一件很难的事情
年轻的女孩像麻雀般聚在一起
又快速飞离，遍地嘲哳的废墟
要整理，或者逃离
夜深的时候，她把孤独，一遍遍
浆洗出陈旧的白色

喜　帖

一些遗憾由此写就：
选择门当户对爱侣
虚构青梅竹马前事
素不相识的前十六年
世家相续的路
铺就全然相反的世界

相遇之前已完成错过
于是审视，袖子的错扣
如何将衣襟扯皱
而偶然的掣肘
也将牵动这一生
无法伸出的手

那时收到喜帖，两个名字
紧挨，却又保持妥帖的分寸
正是深夜。光划开缝隙
一夜星碎如流水，簌簌下落的
都是此生此世的好时辰

蝴蝶标本

就在当下
最美丽的时刻
她展开翅膀，静伏于地
休止中，仍保持着明艳飞行

这是必修课，热爱日光
就要有太阳的颜色
反抗暗夜
就该密布深浅不一的乌青

每种色彩都有自己的命运
花影燃烧处，认领冒险的博物记
闪烁的双翼上，山水席地
它悉数承起，绝处的旗

潮湿的清晨
草叶沥干了一则简洁的凶讯：
追逐水花的舞女
孤身穿越了整夜风暴

直到被风暴击中
直到变成风暴的遗址

白　瓷

云雾静止，白色的雪峰
空悬玻璃杯，在掌中寺
停一盏雪色做茶
经年，隐隐生出碧涛

对饮之人已离席，只影子长留
在空寂的日光里
你想要握住的是什么呢？

击石成火，梦中，猛然转身从
一片荒墟之中，捧出一尊残破的白瓷
流动的寒意，泼满夏尾的蝉泣，很久之前
有人把它，当作月亮，也唤作妻

面　具

去未来，以回溯过去的方式
让所有发生过的事，都重新发生

正如有人
曾精细地打磨一种长久的表情
辅以时间，让它停在脸上

调适情绪，以完成严丝合缝的卡扣
五官和情绪，是最庄严的榫卯

这也是我们每天都在做的事
保持状态，在茶水间，在地铁站
在每个风尘仆仆又精疲力尽的晚上

想起千年前，一个素未谋面的人
跳完舞后，想摘又摘不掉的笑容

声声慢

坐在秋天的屋顶，试图描摹天空纹路
拓印水面，肄业艺术家，将落水的鸟
化成一池蓬松的白雾

这是精细工作，如果写下藕花
便可获赠一粒尽兴之舟，那一匹纸上的马
也能带人去远方

她写诗，像魏晋时有人酿酒
对着石头，开始读诗，陷入一场漫长大醉
动荡的秋千架，震落露水与残花
挑落深闺消愁的香尘，乱世飘灯

并非只有美貌才可万世流芳
无须获赠恩准，响亮的纸笔
夺取一席凌空之地。催动夜雨
无声的禁条，在她手中失效

我也可以在今日，握紧这刻刀的倦意
世界难存易安之地却有恒永诗句

让流动的史诗得以拥有女子轮廓

在我书架，在我悬崖

酒　杯

会稽的酒杯，曾在某个时刻
顺着水流到我们面前
并非只能交付清风明月
面对新世纪的万古愁
水流紧追，浮灯飞旋
加快的语速
让我们吐露那些日后想起
都会感到后悔的话语
自证的清白
并非是被相信的清白
每次敞开，都添新痕
这必然的擦伤
反复以刀柄授人
僭越之心在虎纹面具后隐现
悬挂的泪是引颈的霜，交付的爱
在将来，会成为反射的箭矢

有些词句自该就此，浪费水中
投石入海，一世的无用功起伏浪涌

盐

白色的霜爬上石头，盐，
在晒场边，析出水分，展示粗粝的沙态
这原属于海。在云贵高原，群山中小镇
以盐井命名的地方，海浪也曾游历过吗

遥远海浪的余脉滞留山谷
彝女阿招，曾在黑牛的引导下
于河边山脚处，发现自然溢出的卤泉
在站立的竖井里，盐是垂直的

而后有作坊、集市与城镇
再有马和骡子驮过的落日，写入石刻
盐税兑换的银子，流入远方，折射另一种
金属质感的白，若它也有自己朝代

餐桌上，以不同用量差异
沉默地建立味觉秩序
每一种食盐使用方法，都是幸存的
博物指南，庙宇在高处，也在市井

拾起废弃盐井中，斑驳的圆形石块

像个海螺，如果吹响漫长火车的鸣笛声
上一站北宋。似是须臾，似是故里
盐都升起又陷落

闺　怨

等待会因等待而格外漫长
春风频传空笺，拥挤航道，再落不下
多一颗发愿小星。生死劳碌
累砌大事，按时相见
只是沉在待办事项末尾的轻
一天又一天，挨过，日光的地表旅行
筑巢若有相互印证的意义：
共同分担世界的危机与好景，从而
免去孤单者，徒生的怀疑
又或者，让我的坐标只为度量你
这是致命的失衡。遗失自己所以
很孤独，在想起一个人的时候
在无人可想的时候。家变得
趋近抽象，只是代词，只是代指
只是一间放着很多很多孤独的屋子

碗

从土中脱胎，它在餐桌。盛满重门叠户
每日应进的餐食。沉默的饭桌，锁死
黄金燕羽灵巧的喉舌

试探味蕾，它绘满
吉祥纹样的青色皮肤，携带瓷片冰冷温度
破落家族最初的振动，从它身上荡开

再覆盖再波及所有执筷的手。褪下的金钏
更换的姓氏，是无关定语
盛放过的海味或灰尘，比碗更易碎

更迭的指纹，开片肤浅伤痕
剥离的碗的一生，在博物馆
最深最恒久的光与夜，环绕
一个量词里浓缩的时间
可以辨别一种生活的真伪吗

图书在版编目（CIP）数据

你在飞鱼座 / 李昀璐著. -- 武汉：长江文艺出版社，2024.6
　（第39届青春诗会诗丛）
　ISBN 978-7-5702-3469-1

　Ⅰ. ①你… Ⅱ. ①李… Ⅲ. ①诗集－中国－当代
Ⅳ. ①I227

中国国家版本馆CIP数据核字（2024）第006325号

你在飞鱼座
NI ZAI FEI YU ZUO

特约编辑：聂　权

责任编辑：胡　璇　　　　　　　　责任校对：毛季慧

封面设计：璞　间　　　　　　　　责任印制：邱　莉　　王光兴

出版：长江出版传媒　长江文艺出版社

地址：武汉市雄楚大街268号　　　　邮编：430070

发行：长江文艺出版社

http://www.cjlap.com

印刷：湖北恒泰印务有限公司

开本：880毫米×1230毫米　　1/32　　印张：5.5

版次：2024年6月第1版　　　　2024年6月第1次印刷

行数：3803行

定价：52.00元